사랑은 감기몸살처럼

■┇ 사랑은 감기몸살처럼

1판 1쇄 : 인쇄 2017년 08월 10일
1판 1쇄 : 발행 2017년 08월 15일

지은이 : 박봉은
펴낸이 : 서동영
펴낸곳 : 서영출판사

출판등록 : 2010년 11월 26일 제 (25100-2010-000011호)
주소 : 서울특별시 마포구 성미산로 187, 아라크네빌딩 5층
전화 : 02-338-7270 팩스 : 02-338-7161
이메일 : sdy5608@hanmail.net

그   림 : 박봉은
디자인 : 이원경

ⓒ2017박봉은 ☞ seo young printed in seoul korea
ISBN 978-89-97180-74-5/04810
ISBN 978-89-97180-00-4(set)

사랑은 감기몸살처럼

2017 · 서영

박봉은 시인의 제7시집 출간을 축하하며

  화가이자 사업가인 박봉은 시인은 지금까지 6권의
시집을 펴낸 바 있다.
  박봉은 제1시집 〈당신만 행복하다면〉에서는 우리
주위의 사물과 추억과 상념에 대해 다채로운 시선으로
바라보고 이미지로 시적 형상화를 해놓아 독자들의 눈
을 즐겁게 해주었다. 사물을 바라보는 신선한 감각과
새로운 해석을 통해 활기찬 삶의 에너지를 이끌어 내
는 솜씨를 보여 주었다. 그 어떠한 세파에도 의연함을
잃지 않은 삶을 예찬하고, 다정함과 따스함과 애틋함
으로 타인의 아픔을 감싸고 공감하며, 삶의 의미와 방
향을 밝게 이끌어 나가고 있다.

  박봉은 제2시집 〈아시나요〉에서 시인은 자기 자신
을 키워 준 모든 것들에 깊이 감사하고 고마워하고 있
다. 당신을 설정해 놓고, 그 당신을 주축으로 시상을
끌어가고 있다. 시 속의 당신은 그의 이상향일 수도 있
고, 연인일 수도 있고, 스승일 수도 있고, 또 자신의 인

생 길잡이일 수도 있다. 그 당신을 향해 줄기찬 감사와
존경과 애정을 바치고 있다. 더불어 그 안에서 기쁨을
느끼고 희망을 품고 보람을 느끼며 행복해 하고 있다.
그는 가슴으로 시를 쓰고 있다. 이미지 구현보다는 사
랑의 향기를 서술의 물줄기 위에 실어 구구절절 호소
하고 있다. 그리하여 읽은 이들의 가슴에 자리잡고 있
는 보편성에 감동의 전율을 선물하고 있다. 더불어 아
이러니를 적절히 기저에 깔아 놓아 더욱 진하고 감동
적인 호소력을 얻어내는 데 성공하고 있다.

　박봉은 제3시집 〈당신에게·하나〉에서는 아주 단순
한 시 세계를 구축하고 있다. 그저 하고픈 내면의 웅
얼거림을 아주 듣기 편하게 자연의 소리처럼 마구 쏟
아내고 있다. 그런 과정에서 그 어떤 가식이나 억지나
수다스런 포장도 하지 않는다. 가슴속에 흐르고 있는
감성의 소리에 소박한 이미지의 옷을 입혀 봄나들이를
내보내고 있을 뿐이다. 시에게 순수한 가슴이 있다면,
그곳을 향해 돌진하여 한아름 시심을 들고 나와 너울
너울 나비처럼 날아가고 있을 뿐이다. 이 기법을 통하
여 독자의 가슴을 울리고 웃기고 함께 눈물짓고 감동
하고 함께 미소 지으며 기뻐하고 있다.

　박봉은 제4시집 〈비밀 일기〉에서는 다시 제1집으로

회귀한 듯한 시 세계를 보여 주고 있다. 여기서는 휘몰아가는 듯한 시상의 흐름을 약간 멈추고 좀 더 여유롭게 관조적으로 사물을 바라보고 있다. 사물 하나하나 섬세히 관찰하거나 내려다보면서 새로운 각도로 해석하고, 되도록 이미지 구현으로 시적 형상화를 이루면서 시의 맛과 멋을 한층 강화시켜 놓고 있다. 그러면서 내면의 아픔과 응어리를 미적 가치의 그릇에 담아 반성하고 나아가 치유라도 하려는 듯 진솔히 토로하고 있다. 그 모습이 멋스럽다. 인간의 아름다운 모습들 중 하나가 아닌가 싶다. 시를 통해 치유하고 시를 통해 부정을 긍정으로 끌어올리는 에너지와 힘과 기, 그게 그의 시에서 느껴지기에 그만큼 소중하다.

　박봉은 제5시집 〈유리인형〉에서 보여지는 특징은 대구법을 잘 활용하고 있다는 것이다. 1연부터 마지막 연까지 통일시켜 놓고 있는 대구법. 우리 주변에 평이하면서도 꼭 하고픈 말들을 배치해 놓되, 출발은 서술이지만 이를 이어받은 것들은 대부분 이미지로 처리하고 있다. 이러한 시적 흐름이 박봉은 시인의 독특한 시 기법이기도 하다. 평이한 일상에서 소재를 택하고 이를 서술로 출발시켜 놓고, 대구를 이루며 마무리는 이미지로 처리하는 표현 기법, 얼른 보아 시가 아닌 듯하면서도 시의 맛을 갖게 하는 기법이다. 현대인들이

■ 사랑은 감기몸살처럼

시를 어렵게 여겨 읽기를 피하기 쉬운데, 그런 면에서 박봉은 시들은 독자들에게 쉽게 다가가 가슴을 열게 한 뒤 잽싸게 파고들어가 이미지를 심어 놓는 기법을 잘 활용하고 있다. 그래서 그의 시들을 독자들이 한결같이 좋아하나 보다.

 박봉은 제6시집 〈당신에게·둘〉은 제3시집 〈당신에게·하나〉의 후반부이다. 연작시 "당신에게" 시리즈가 여전히 불을 토하듯 열정적으로 이어지고 있다. 여기에 수록된 시들은 무수한 사랑의 질문들을 쏟아내고 있다. 어떤 사랑이 진실된 것일까. 어떻게 사랑해야 하는 것일까. 사랑의 가치는 어디에 두어야 하는 것일까. 진실된 사랑의 공간은 어디에 있는 것일까. 사랑은 함께해야만 완성되는 것일까. 그냥 그리움만으로도 사랑을 완성시킬 수는 없을까. 사랑은 그리움 속에서 성장하고 완성되는 건 아닐까. 그리워하는 것만으로도 충분히 사랑의 보상을 받은 건 아닐까. 무수한 질문에 질문을 쏟아내게 만드는 박봉은 시인의 제6시집, 그 안에서 꿈틀거리는 시심들, 만나고 또 만나도 질리지 않는다. 이 점이 늘 독자들의 가슴을 흡족하게 해주는 건 아닐까.

 자, 그러면 지금부터 박봉은 제7시집 〈사랑은 감기 몸살처럼〉 속으로 들어가 감상해 보도록 하자.

박봉은 시인의 제7시집 출간을 축하하며 ▮

동화 속 설레임이 넘실대는
투명함 속에
주인공은 이미
자리를 비운 지 오래

세월의 빈껍데기만
덕지덕지 매단 채
들풀처럼 많은 이야기 잔뜩 눌러쓴
아버지 닮은 한 노인이
초점 잃은 두 눈으로
나를 뚫어지게 바라보고 있다

무언가 할 말이 많은 듯
노랗게 빛바랜 입술이
파르르 떨고 있고

전등 불빛 타고
끝없이 흘러내리는 회한들은
앞이 보이지 않는
망각의 늪으로
무작정 달려가고 있다

가끔씩 솟아오르는

뭔가를
잔인하게 짓밟아 버리며.

- [거울 속에 비친 나] 전문

　이 시에서의 시적 화자는 중년을 넘어선 노인이다.
그는 세월의 빈껍데기만 매달고서 수많은 얘기 잔뜩
눌러쓴 아버지를 닮아 있다. 그 노인이 시적 화자를 초
점 잃은 두 눈으로 바라보고 있다. 할 말을 잃은 듯 파
르르 입술이 떨고 있다. 그나마 회한들은 망각의 늪으
로 달려가고 있다. 가끔씩 솟아오르는 뭔가를 짓밟아
버리며 달리고 있다.

　그 뭔가가 뭘까? 어쩌면 인생을 다시 시작하려는 열
정은 아닐까? 회한을 일으키지 않은 진정한 삶, 사랑
도 열정도 순수히 받아들이는 삶, 실패에도 불구하고
다시 굳게 일어서려는 굳은 의지의 삶, 사랑의 전선에
서도 결코 물러서지 않는 의지의 삶, 그건 아닐까? 늙
어 가는 노인이 되어 버린 시적 화자가 늙음도 인생이
요 과거도 인생임을 깨닫고, 이제라도 주어진 삶을 최
대한 즐기며 가치 있게 보내기를 기원해 본다.

일그러진 욕망은
투명한 접시 위에
얹어 놓고

뻣뻣한 자존심은
침묵의 땅에
깊게 묻어 놓고

오염된 피는
정맥 잘라
미련 없이 다 쏟아 버리고

염치고 체면이고 다
흔적도 없이
뭉개 버리고

더 작게 더 낮게
있는 듯 없는 듯
살련다.

- [지금부터] 전문

　이 시에서의 시적 화자는 일그러진 욕망을 접시 위
에 얹어 놓고 자존심은 침묵 속에 묻어 놓고 오염된 정
맥의 피를 다 쏟아 버린다. 염치, 체면까지 다 뭉개 버
리고, 더 작게 더 낮게 낮아져 있는 듯 없는 듯 살겠다
고 신경질적으로 말한다.
　한편으로는 자포자기인 듯 보이고, 다른 한편으로는

■ 사랑은 감기몸살처럼

역설로 보인다. 지금부터 어쩌겠다는 것인가. 욕망을 접시 위에 올려놓은 걸 보면, 아직 인생을 포기하고 싶지는 않나 보다. 하지만 자존심을 내세우지는 않겠다는 의지가 있는 듯하다. 문제는 오염된 정맥이다. 그 때문에 실패한 인생일 수도 있었으니까. 그렇다면 지금부터 오염된 세계, 오염된 마음, 오염된 생각 등을 버리겠다는 것인가. 그런데도 염치와 체면까지 뭉개 버리면 어떻게 되는가. 염치와 체면 때문에 어쩔 수 없이 끌려간 그 오염의 세계에서 벗어나겠다는 뜻인가. 결국 도달한 깨달음의 언덕은 바로 더 낮게 더 작게라는 세계다. 있는 듯 없는 듯 살겠다는 건 어디든 선뜻 나서지 않겠다는 뜻인 듯.

   그런데, 문제는 그런 의지와 결심을 갖는다고 인생이 변화될까? 의문이 간다. 거기에는 사랑과 헌신이 없기 때문이다. 긴 인생을 산 뒤에 후회 없는 삶, 그건 역시 헌신 위에 세워진 사랑이 아닐까. 이 시를 통해 독자들은 여러 생각과 사고 속으로 휩쓸려 들게 된다. 박봉은 시인의 시 세계의 매력이 바로 이게 아닐까. 시를 읽으며 여러 생각과 사고를 하게 된다는 것, 놓칠 수 없는 매력이라 여겨진다.

   투명한 비구슬을
   입안 가득 머금고

휘돌아다니며
세차게 여기 저기
마구 뿜어댄다

까칠해진 비바람
가슴 주머니에 몰아 담고
하늘로 땅으로 휘젓고 다니며
거칠게 사방천지를
마구 흔들어댄다

회색빛 구름덩어리
바구니에 담아 옆구리에 낀 채
휘감아 올라타고
잽싸게 어둠 쪼가리들을
마구 주워 담는다

천방지축 천둥과 번개
손에 쥐고 휘두르며
산야를 휩쓸고 다니며
빠르게 수없이
마구 때려댄다.

― [증오] 전문

이 시에서의 시적 화자는 증오이다. 그는 비를 입 안 가득 머금고 휘돌아다니며 세차게 뿜어낸다. 때로는 가슴에 비바람 담고 사방천지를 휘젓고 다니며 마구 흔들어댄다. 때로는 구름을 바구니에 담아 옆구리에 낀 채 어둠 쪼가리들을 주워 담기도 한다. 때로는 천둥과 번개까지 손에 쥐고 휘두르며 산야를 마구 때려대기도 한다. 증오가 참 무서운 존재임을 이미지로 표현하고 있다.

시인 듯 웅변인 듯, 묘사인 듯 서술인 듯, 동시인 듯 아닌 듯 마구 질주하는 현란한 언어 예술을 보여 주고 있는 박봉은 시인의 시들은 나름의 재미와 특이성을 보유하고 있다. 이미지 구현이 약한 듯 보이는 자리엔 어김없이 의인화와 이미지가 등장하고, 너무 서술에 치우친 듯한 곳에는 슬그머니 상징과 역설과 아이러니가 등장하여 약점을 보완한다. 시와 일기와 독백과 칼럼과 수필이 동시에 존재한 듯한 시 형태, 이게 바로 박봉은 시인의 문체인 듯하다.

안개 가득 서린
가슴 깊은 곳에서
새하얀 꽃 한 송이로
부스스 눈을 뜨며
해맑게 피어나

기억 속에 잠겨 있다

끝없이 솟아나는
맑디맑은 영혼 따라
소리 없이 녹아들더니
아련한 시간의 계곡 속에서
끊임없이 끓어오르는
거대한 추억의 불길로
솟구쳐 오르다

파래처럼 하늘 보고
그냥 납작하게 누워
온몸을 바싹 말려대더니
어스름처럼 느릿느릿
나무 타고 내려와
응어리진 가슴속 허전함으로
자리잡는다.

- [그리움·1] 전문

이 시에서의 시적 화자는 그리움에 푹 젖어 있다. 몸
과 맘이 온통 그리움에 파묻혀 있다. 가슴속에선 흰 꽃
송이로 피어나 있는 그리움으로, 기억 속에선 끝없이
솟아나는 영혼 따라 소리 없이 녹아드는 그리움으로,

세월 속에선 끊임없이 끓어오르는 추억의 불길로 솟구쳐 오르는 그리움으로, 때론 파래처럼 납작하게 누워 온몸 바짝 말려대는 그리움으로, 때론 어스름처럼 다가와 허전함으로 자리잡는 그리움으로 각자 시적 화자의 삶을 온통 지배하고 있다.

그 그리움을 놓아 버리면 되는 것을, 왜 아직도 못 버리는 것일까. 왜 그리움이 인생 자체를 뒤흔들도록 그냥 지켜보고만 있는 걸까. 그리움의 끈이 사랑이라는 걸 터득한 것일까. 그리움이 끊어지면 사랑도 끝난다는 걸 시심은 이미 알아 버린 것일까.

텅 빈 가슴에 하얀 종이 한 장
작은 손 안에 가는 붓 하나 든
수줍은 설레임이 산을 올랐다

물안개 사이로 서서히 드러나는
도도한 자태들과
봉우리를 넘나드는 바람만이
넋 나간 얼굴을 어루만지고 있었다

깎아지르는 듯한 절벽 끝자락에 서서
하늘과 땅을 바라보며
수만 년을 견뎌온 기암괴석들이

박봉은 시인의 제7시집 출간을 축하하며 ■

외치고 있었다

입은 있으나 할 말이 없고
눈은 있으나 다 담을 수 없고
귀는 있으나 다 들을 수 없고
가슴은 있어도 다 품을 수 없어라

수천 년을 살아온 검은 노송이
솔잎 하나 떨어뜨려
머리를 쓰다듬어 주며 덧붙였다

지금까지 그토록 애지중지 부둥켜안고
살아왔던 절망도 아물지 않은 상처도
별것 아니니라

끝을 가늠할 수 없는 산자락을
수없이 밟고 또 밟고
오르고 또 올라도
그저 말없이 바라다보기만 하는
침묵의 눈길

높이를 알 수 없었던
아버지의 고뇌처럼

■사랑은 감기몸살처럼

등허리를 말없이 다독이며
어루만지고 있을 뿐.

- [황산을 오르며] 전문

이 시에서의 시적 화자는 중국 황산을 오르고 있다. 가는 붓 하나 든 설렘으로 걸어간다. 물안개, 도도한 자태, 봉우리, 바람 등을 온몸에 느끼며 산을 오르고 있다. 절벽 끝자락에는 하늘과 땅을 바라보며, 기암괴석의 외침도 들으며 걷는다. 그러다 깨닫는다. 입은 있으나 할 말이 없음을, 눈은 있으나 다 담을 수 없음을, 귀는 있으나 다 들을 수 없음을, 가슴은 있으나 다 품을 수 없음을. 왜 이제 와서야, 왜 황산에 와서야 이 깨달음에 이른 것일까. 늙은 노송이 솔잎 하나 떨어뜨려 머리를 쓰다듬어 주며 깨달음의 깊이를 더해 준다. 오래도록 부둥켜안고 살아온 절망도 아물지 않는 상처도 별것 아니라고 한다. 그때도 산은 말이 없다. 그저 침묵의 눈길로 지켜볼 뿐. 높이를 알 수 없었던 아버지의 고뇌처럼 산은 여전히 말이 없다. 그저 산행하는 시적 화자의 등허리를 말없이 다독이며 어루만져 줄 뿐이다.

신기하다. 특별한 표현 기법을 동원하지 않고도 시가 될 수 있다니, 놀랍다. 시가 아닌 듯하면서 시상의 흐름을 이끌어 갈 수 있다는 게 마냥 흥미롭다. 이게

만약 박봉은 시인의 문체가 된다면 좋겠다. 그만의 시
기법으로 정리될 수 있을 테니까.

허름한 작업복 차림의 사람들이
사무실 여기저기에
하나 둘 나타나 자리잡기 시작한다

보이지 않는
유리벽과 두려움과 연민과 시름을
온몸에 두른 채

구석에 놓여져 있는 소파는
고달픔처럼 갈갈이 찢기고 닳고 닳아
속살이 훤히 드러나 있다

일그러진 침묵과
전화 벨소리가 뒤엉켜
사무실 바닥에 나뒹굴고 있다

어깨 위에 걸쳐진 초조는
담배꽁초를 내려다보며
가쁜 숨을 몰아쉬고

■ 사랑은 감기몸살처럼

허공을 떠다니던 꿈의 그림자는
한 줄기 긴 한숨 소리에 놀라
작업복 위로 굴러 떨어지고

우르르 쏟아지던 두려움의 화살은
끈적끈적한 시련의 계단 앞에서
어슬렁거리고 있고

되새김질 당한 질긴 고뇌가
슬며시 빠져나와
벽 위로 떼 지어 기어다니고 있다.

- [어느 인력시장에서] 전문

이 시에서의 시적 화자는 인력 시장의 정경을 관찰하고 있다. 허름한 작업복 차림들이 자리잡기 시작한 사무실 안, 사람들은 보이지 않는 유리벽, 연민, 시름 등을 온몸에 두른 채 앉아 있다. 눈길은 구석 소파로 간다. 고달픔처럼 갈갈이 찢기고 닳아 있다. 속살까지 드러나 있는 소파, 가난이 저절로 떠올라 서글프게 하고 있다. 일그러진 침묵, 전화 벨소리 등이 사무실 바닥에 나뒹굴고 있고, 어깨 위에 걸쳐진 초조는 내려다보며 가쁘게 숨쉬고 있고, 허공을 떠돌아다니던 꿈의 그림자는 긴 한숨 소리에 놀라 작업복 위로 굴러 떨어지고, 두려움은 시련 앞에서 어슬렁거리고 있고, 되새김질 당한 고뇌는 떼 지어 벽 위로 기어다니고 있다.

읽을수록 재미나는 시이다. 추상(두려움, 연민, 시름, 고달픔, 침묵, 꿈, 시련, 고뇌)과 구상(온몸에 두른 채, 갈갈이 찢기고 닳고 닳아, 속살 훤히 드러나 있다, 바닥에 뒹굴고 있다, 가쁜 숨 몰아쉬고, 굴러 떨어지고, 끈적끈적한, 계단 앞에서, 되새김질 당한, 슬며시 빠져나와, 벽 위로 떼 지어 기어다니고 있다)의 교묘하고도 절묘한 조화로움이 돋보이는 시이다. 그 덕택에 시상의 흐름이 지루하지 않고 감칠맛을 유지하고 있다.

전철을 타고 혜화역에 내려
계단을 올라가니
즐비하게 늘어선 노점상들이
저마다 상품들을 진열해 놓고
진득 진득한 시선을 굴리고 있었다

나뭇잎들이 다 떨어져 버린
겨울나무처럼
모시바람에 하루 종일
온몸을 내맡긴 채

소리 없이 몸부림치는

시간의 목덜미를 깔고 앉아
하루 종일 꼼짝도 않고 서서
깊디깊은 침묵을 퍼 올리고 있었다.

                    - [어떤 정경] 전문

　이 시의 시적 화자는 전철에서 내려 계단을 올라간
다. 노점상들의 상품에 눈길을 주며 걷는다. 나뭇잎들
은 모시바람에 온몸을 내맡긴 채 서 있고, 소리없이 몸
부림치는 시간의 목덜미를 깔고 앉아 하루 종일 깊디
깊은 침묵을 퍼 올리고 있는 정경을 바라본다.
　의인화의 활용이 두드러지는 시이다. 노점상들이 진
득진득한 시선을 굴린다는 표현, 나뭇잎들이 진종일
모시바람에 온몸을 내맡긴다는 표현, 나뭇잎들이 몸
부림치는 시간의 목덜미를 깔고 앉아라는 표현, 나뭇
잎들이 깊디깊은 침묵을 퍼 올린다는 표현 등이 그렇
다. 뭐든 사물을 의인화하면 시적 형상화의 초석을 깔
수 있어 좋은 듯하다. 서술을 위주로 하는 박봉은 시
인의 시에선 꼭 필요한 기법이 아닐 수 없다. 자신의
부족한 부분을 표현 기법의 하나로 보충해 나가는 솜
씨가 남다르다.

　백사장 모래알처럼
　많은 역사의 시간들이

부르터진 영혼들을 위해
피를 토하고 있었다는 것을
미처 알지 못했다.

- [명자나무꽃] 전문

이 시에서의 시적 화자는 명자나무꽃에 대해 아주 간단명료한 시적 형상화를 해놓고 있다. 백사장의 모래알처럼 많은 역사의 시간들, 이게 부르터진 영혼을 위해 피를 토하고 있었다, 바로 이 사실을 명자나무꽃은 미처 알지 못했다고 함으로써 이미지 구현을 완결시키고 있다.

피를 토하는 주체는 역사의 시간들이다. 의인화를 통해 시적 형상화의 통로를 열고 있다. 영혼은 부르터져 있고, 그 영혼을 위해 피를 토하고 있는 건 역사의 시간이다. 그런데 그 사실을 미처 알지 못한 것은 명자나무꽃이다. 모든 걸 뒤집어쓰고 있지만, 그래도 명자나무꽃은 자기 임무를 완수하고 있다. 독자에게 부르터진 영혼을 위해 피를 토하고 있는 존재가 명자나무꽃임을 다시 한 번 확인시켜 주기에 충분했으니까.

살며시
당신 손을 맞잡고 있노라면
마치 한몸이 된 듯

당신의 온몸에 흐르는 피가
몽땅 다 내 몸속으로
밀물처럼 스며들어 오는 것 같아요

지그시
당신의 웃는 모습을
무심코 바라보고 있노라면
마치 당신의 미소가
아지랑이 꽃밭으로 쏟아지는
금빛 햇살처럼
나의 까칠한 마음 위로
우르르 쏟아져 내리는 것 같아요

가만히
귀를 기울여서
당신의 재잘거리는 소리 듣고 있노라면
마치 창호지에 물이 스며들 듯
내 마음속으로
소리 없이 번져 들어오는 것 같아요

                              - [가을] 전문

이 시에서의 시적 화자는 가을을 당신에 비유하고
있다. 가을의 손을 맞잡고 있으면 마치 한몸이 된 듯하다. 가을의 온몸에 흐르는 피가 몽땅 시적 화자의 몸속으로 스며들어 온 것 같다. 가을의 웃는 모습을 바라보고 있으면, 당신의 미소가 아지랑이 꽃밭으로 쏟아지는 것 같다. 그리고 까칠한 마음 위로 쏟아지는 것 같다. 가을의 재잘거리는 소리를 듣고 있으면, 소리 없이 마음속으로 번져 들어오는 것 같다.

  시의 흐름이 전개될수록 가을이 곧 당신이요, 당신이 곧 가을이라는 의미가 어우러져 살과 피처럼 하나 되고 있다. 그러는 가운데 절절한 하소연이 스며들고 있다. 이토록 절실한 당신인데, 어찌 곁에 없는가. 이미 가을처럼 다가왔는데, 어찌 이리 그리움만 남아 있단 말인가. 시적 형상화와 이미지 구현은 감성의 그릇을 만들어내고, 그 그릇 안에 의미 방울을 하나씩 모아 감동을 자아내도록 도와준다. 박봉은 시인의 시들은 거의 모두 이 기법을 적절히 활용하고 있다 하겠다.

  그리움에 그을린
  먼 산자락은
  지평선 위에 맥없이 길게 드러누워 있고

  아쉬움의 늪 속에서
  허우적거리며 몸부림치던 외로움은
  강렬한 분노를 토해내고 있고

■ 사랑은 감기몸살처럼

쓸쓸함에 바싹 말라 버린 추억은
포근한 달빛 머금은 채
가슴속으로 소리 없이 번져 가고

별빛 타고 흘러내린 어스름은
상처 난 기억 속 허전함을
연신 핥아대고 있다.

- [해질녘] 전문

이 시에서의 시적 화자는 산야를 관찰하고 있다. 그
리움에 그을린 산자락은 지평선 위에 길게 드러누워
있고, 아쉬움 속에서 몸부림치던 외로움은 분노를 토
해내고 있고, 쓸쓸함 때문에 바싹 말라 버린 추억은 포
근한 달빛 머금은 채 가슴속으로 번져 가고 있고, 어스
름은 허전함을 연신 핥아대고 있다.

이 시에서도 추상과 구상은 찰떡궁합으로 만나고 있
다. 그리움에 그을린 산자락, 지평선 위에 누워 있고,
아쉬움의 늪 속, 몸부림치던 외로움, 토해내는 분노 등
이 그것이다. 그러는 중에 이미지 구현이 자연스레 이
뤄져 있어, 시적인 맛이 살아 있다.

다만, 너무 평이한 듯한 이미지 구현, 대구 형식의
단조로운 반복, 새로운 해석이 가미되지 않은 낯설게
하기, 감동의 전율이 흐르게 하는 신선한 착상 등이 보

완되었으면 하는 아쉬움이 남는다.

  그럼에도 불구하고, 이미지와 상징과 이야기를 동반한 대구 형식, 의인화의 적절한 활용, 추상과 구상의 절묘한 배치, 자연스런 시상의 흐름, 튼실한 시적 형상화 등이 박봉은 시인의 시들을 한층 격상시켜 주고 있다.

  시는 찰나의 예술이지만, 감성의 파노라마를 만나게 해주는 장르이다. 그래서 가슴의 예술이다. 이성으로 접근하기 어려운 곳을 이미지화된 감성으로 뚫고 들어가 감동과 전율을 이끌어내는 장르이다. 그래서 무엇보다도 이미지 구현을 필요로 하고, 낯설게 하기를 통한 새로운 해석, 싱그러운 착상, 시상의 흐름을 도와주는 리듬 등을 갖추고 있어야 한다. 박봉은 시인의 시들은 이러한 요소들을 두루 갖추고 있어, 오래도록 읽히는 시들로 남으리라 여겨진다.

  여기에 몇 가지 더 보탰으면 한다. 시집 한 권에 배치되는 시어들이 중복되지 않도록 노력했으면 한다. 반복적으로 배치되는 시어들은 독자들의 시선을 식상하게 만들 수도 있기 때문이다. 긴 시뿐만 아니라 짧고도 함축적인 낙엽시에도 도전해 보기를 바란다. 나아가 좀 더 다채로운 표현 기법을 동원하여 시의 탑을 쌓아 가고, 나아가 이웃의 아픔에 공감하는 상상력을 함축하는 시들도 많이 창작하길 기원해 본다.

■ 사랑은 감기몸살처럼

벌써, 박봉은 제7시집 발간이라니, 참 멋스럽다. 바쁜 회사일에도 불구하고 지칠 줄 모르는 그 창작 열기, 그 성실성, 그 인내, 그 열매들에 아낌없는 칭찬의 박수를 보내고 싶다. 이 시들이 번역이 되어 전 세계로 뻗어나가 세계 독자들도 함께 감명 받는 때가 곧 왔으면 좋겠다. 늘 건투를 빈다.

— 무더위 속에서도 나팔꽃이 피고 오이가 익어 가는 모습을 바라보며

한실문예창작 지도 교수 박덕은

(전 전남대 교수, 문학박사, 문학평론가, 시인, 동화작가, 화가, 아프리카tv BJ)

박봉은 시인의 제7시집 출간을 축하하며 ■

작가의 말

오랜만에 드디어 생애 일곱 번째 시집을 세상에 내놓으며

2010년에 출간한 나의 제1시집 〈당신만 행복하다면〉과 제2시집 〈아시나요〉, 2012년에 출간한 제3시집 〈당신에게·하나〉, 그리고 2013년에 출간한 제4시집 〈비밀일기〉 2014년에 출간한 제5시집 〈유리인형〉 2015년에 출간한 제6시집 〈당신에게·둘〉을 세상에 내 놓은 지 2년 만에 또다시 제7시집 〈사랑은 감기몸살처럼〉을 세상에 내놓게 되었다.

나의 모든 시집의 시들이 그렇지만, 항상 나의 예민한 감성으로 우러나는 가슴속의 이야기들을 한 폭의 수채화를 완성해가듯 세심하게 다듬고 그려 살갑고 친근한 느낌으로 감성의 끝자락의 이야기들까지 하나도 놓치지 않고 묘사하려고 노력했다.

그동안 국제라이온스협회 354-D지구 회원으로써 지역부총재와 의전분과위원장을 맡아 열심히 봉사하면서 바쁘게 살다보니 그동안 차분히 시를 쓸 시간들이 없었다. 그러나 그것은 분명 글을 쓰는 사람의 자세가 아닐 것이다.

앞으로는 이 핑계 저 핑계 변명하지 않고 내가 이 세상을 떠나는 그날까지 게을리 하지 않고 계속 숨겨진 나의 가슴 속 이야기들을 하나하나 꺼내 끊임없이 길게 길게 앞으로 미래로 펼쳐 나가겠다. 비록 감성표현이 다르더라도 비록 하찮은 감성 하나라도 온 몸으로 느껴주시고 즐겁게 만끽해 주시기를 소망합니다.

그동안 저를 지도해주시고 이끌어 주신 한실문예창작 지도 교수 박덕은 박사님, 그리고 오랜 세월 함께 문예 창작의 길을 걸어오고 있는 한실문예창작의 여러 문우님들, 그리고 항상 격려를 아끼지 않았던 가족, 친지, 친구, 지인들에게도 다시 한 번 감사의 마음을 전합니다.

특히 언제나 나에게 세상사는 의미와 행복의 가치를 깨닫게 해주고 내가 힘들고 지쳐있을 때 항상 희망과 미래를 태양처럼 환하게 비쳐주며 용기를 복돋아 주던 너무나 귀하고 소중한 하늘만큼 땅만큼 사랑하는 나의 아내 손영미와 큰딸 소연, 둘째딸 소정, 아들 세원, 그리고 사위 한상규, 외손자 유준, 외손녀 서윤에게 나의 뜨거운 사랑을 바칩니다.

- 2017년 8월 뜨거운 태양의 열기를 온몸으로 받아들이며
시인 겸 화가 박봉은

祝詩

박봉은

박덕은

하늘빛만이
고즈넉이
허락한 자리

자그만 옹달샘
하나
자리잡더니

어느새
수많은 강줄기
시심으로 채워 놓았네

노을 끌어와
윤슬의 탑과
감동의 여울 세우고

소나기 리듬 꺼내와
그리움의 벽에
수놓더니

어느덧
눈물조차 말라 버린
의지의 울타리 빙 둘러

언제 챙겨
떠날 줄 모르는
시심의 여행 준비하고 있네

하루라도 더 아껴
한 호흡이라도 더 감싸
의미의 아우성을 곧추세우며.

차 례

3장 ― 어떤 정경

사랑은 감기몸살처럼

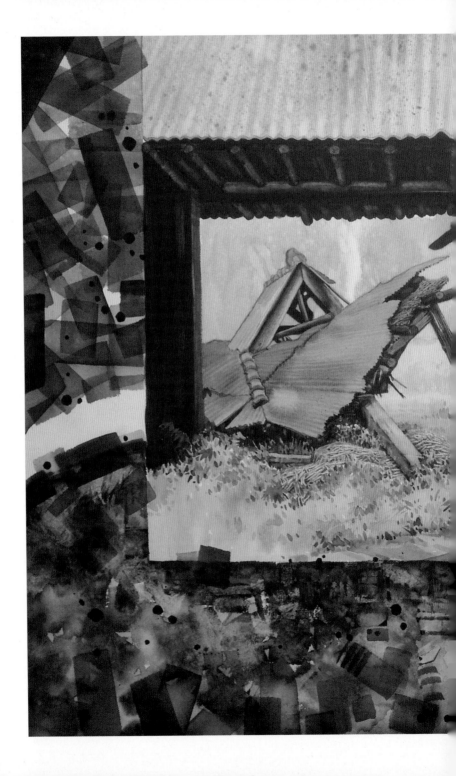

제1장 아내

〈기억 그리고……(목우공모미술대전 50회 특선작)〉

아내

아내는 늘
다 아는 것처럼 말해요
일 년 내내 매일 매일
내 가슴속에 숨어 있는 건
하나도 모르면서

아내는 늘
다 아는 것처럼 말해요
하루하루 달라져 가는
애들 마음속에 숨겨져 있는 건
눈치도 못 채면서

아내는 늘
다 아는 것처럼 말해요
그 사람 좋은 것 같다
그 사람 나쁜 것 같다
그리고도 맨날 남한테 속고만 살면서

아내는 늘
다 아는 것처럼 말해요

■ 사랑은 감기몸살처럼

이것은 이것일 것이다
저것은 저것일 것이다
그러고도 맨날 점만 보러 다니면서.

〈계곡의 여유로움-20p(72.7×53cm)〉

친구

밤새 이야기해도
서로 말이 잘 통하는

위험에 처했을 때
목숨 걸고 도와줄 수 있는

온몸과 온 맘으로
우정을 바칠 수 있는

소중한 걸 몽땅 다 주어도
전혀 아깝지 않은.

〈아름다움·6 - 10P(53x41cm)〉

■■ 사랑은 감기몸살처럼

유학 떠나는 아들을 바라보며

애써 무심한 척
입으로 냉기만 뿜어내다가
막상 돌아서는 눈가엔
눈물이 샘물처럼 솟구쳐 흐른다

아쉬움의 칼이
비눗방울처럼 여리디여린
투명한 마음의 창을
갈기갈기 찢어 놓는다

하염없이
빈 가슴으로만 남아 있는
그늘진 곳에는
쓸쓸함만 제멋대로 흐르고 있다

휑한 바람만
이리저리 갈 길 몰라 허공을 맴돌다
겸연쩍은 듯
힐끗힐끗 나를 쳐다보고 있다.

딸 결혼하는 날

딸의 예쁜 미소가
아름다운 무지개 되어
사방을 환하게 수놓다가
어느새 살며시
나의 몸속으로 파고들어 와
기쁨 방울들을 터뜨리고 있다

딸의 가벼운 발걸음이
축복의 양탄자 구름 위를
사뿐사뿐 걸어다니다가
어느새 은은히
나의 가슴속으로 스며들어 와
터질 듯 부풀어오른 감격 송이들을
만지작거리고 있다

딸의 아름다운 자태가
한 마리 나비처럼 훨훨 날아
사방에 빛물결로 출렁이다가
어느새 소롯이
나의 마음속으로 밀려들어 와

따스한 행복의 향기를
요란히 두들기고 있다

딸의 싱그런 목소리가
작은 꿀벌처럼
진한 시심 내뿜는
하얀 꿈결 위를 맴돌다가
어느새 오롯이
나의 심장으로 뚫고 들어와
시큼상큼한 눈물샘을
뜨겁게 달구고 있다.

〈아름다움·4 - 10P(53x41cm)〉

나의 손자

신비로움 가득 안고
불쑥 나타난
세상에서 가장
이쁜 꿈 덩어리
언제부터 오려고 했을까

닮은 모습 안고
놀래키며 나타난
깜찍한 귀염 덩어리
어디서 왔을까

마음을 행복으로
흠뻑 적셔 두며 나타난
아름다운 보석 덩어리
누가 보내서 왔을까

가뭄에 단비 내리듯
촉촉이 적셔 주며 나타난
싱그런 기쁨 덩어리
어떻게 찾아왔을까

품에 뜨거운 사랑
넘치게 안겨 주며 나타난
눈부신 희망 덩어리
무얼 가지고 왔을까

감미로운 향기
듬뿍 뿌리며 나타난
상큼한 환희 덩어리
왜 왔을까.

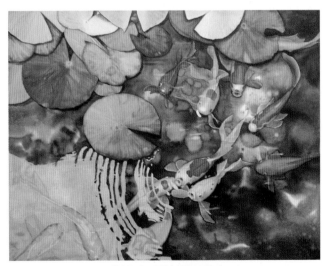

박봉은 作 〈금붕어들의 향연

거울 속에 비친 나

동화 속 설레임이 넘실대는
투명함 속에
주인공은 이미
자리를 비운 지 오래

세월의 빈껍데기만
덕지덕지 매단 채
들풀처럼 많은 이야기 잔뜩 눌러쓴
아버지 닮은 한 노인이
초점 잃은 두 눈으로
나를 뚫어지게 바라보고 있다

무언가 할 말이 많은 듯
노랗게 빛바랜 입술이
파르르 떨고 있고

전등 불빛 타고
끝없이 흘러내리는 회한들은
앞이 보이지 않는
망각의 늪으로

■ 사랑은 감기몸살처럼

무작정 달려가고 있다

가끔씩 솟아오르는
뭔가를
잔인하게 짓밟아 버리며.

〈나팔꽃 사랑-10F(53×45.5cm)〉

사랑은 감기몸살처럼

온다는 소식도 전혀 없이
올 것 같은 느낌도 전혀 없이
어느 날 슬그머니 다가와

찬바람 가장 가까이서 빨아대는
멍청한 운명의 종아리를 따라
서서히 접근해 오지

머리가 아프다고 느끼는 그 순간
목이 붓고 기침이 나오고
실핏줄에서 찬란한 불꽃이 나와.

부부

생각도
닮아가고

얼굴도
닮아가고

눈빛도
닮아가고

향기도
닮아가고

사랑도
닮아간다.

제2장 추억에게

〈잊혀진 공간(목우공모미술대전 51회 특선작)〉

죽음

늘 내 곁에 있어
어딜 가도 항상 곁에 바짝 붙어다녀
앞으로 절대 나서질 않아
없는 듯 곁에만 서 있을 뿐이야

눈에 보이지도 않아
낮에는 그림자 밑에
거슴츠레 한밤중엔
달빛을 주워 담으며
어슬렁거리며 돌아다니곤 하지

절대 말도 걸지 않아
항상 말없이 그냥 지켜만 보고 있을 뿐이야
아무리 말을 걸어도 절대 대답하지도 않아
얼굴은 무표정이고
눈빛은 깊은 계곡처럼
무척 어둡고 춥기만 해

그에겐 느낌이 전혀 없어
따스한 느낌이라든가

애정 어린 그런 표정도 없어
동정심도 없어
그냥 있는 그대로
색깔을 덧칠하고 있을 뿐이야
눈물도 없고
기쁨도 없고
슬픔이라는 감정도 없어

그저 숙명의 끈을 가지고
따라다닐 뿐이야
어두워도
밝아져도
추워도
따뜻해도
그냥 따라만 다녀

언젠가 우리는
서로 만날 날이 있을 거야
이제껏 우린
서로 볼 수도 없었고
서로 만날 수도 없었고
서로 인사 한 번 한 적도 없지만
언젠가 우리는
영원히 한몸이 될 수밖에 없을 거야.

지금부터

일그러진 욕망은
투명한 접시 위에
얹어 놓고

뻣뻣한 자존심은
침묵의 땅에
깊게 묻어 놓고

오염된 피는
정맥 잘라
미련 없이 다 쏟아 버리고

염치고 체면이고 다
흔적도 없이
뭉개 버리고

더 작게 더 낮게
있는 듯 없는 듯
살련다.

고뇌의 말

자꾸만 껍질이 벗겨져
흉측한 몰골이 드러나도
모른 채 덧씌우고
또 덧씌워 발랐다

자꾸만 더러운 오물이
온몸 뒤덮어도
애써 초연한 듯
밤새 털어내려 발버둥쳤다

갖은 비바람에
온몸 찢기고 부서져도
애써 초연해지려
항상 냉정함 발밑에 깔고 살았다

쏟아지는 열 부스러기들을
주워 모아
얼음구덩이에
깊게 깊게 박으며 지냈다.

추억에게

아주 어렸을 적
애지중지 아껴 놓은 군고구마처럼
너무 사랑했기에
날 닮은 너희를 낳고 싶었다

너희들이
콩나물시루의 콩나물처럼
무럭무럭 자랄 때에는
항상 행복의 그늘 밑에 지낼 수 있었다

먼 훗날 나이가 들어
반겨 주는 이 하나 없을 때
너희들이 내 곁에 있어
전혀 외롭지 않을 것 같아 안심이 되었다

병들어 더 이상 돈을 벌 수 없을 때
너희들의 도움을 받아
너덜너덜해진 나의 노후를
걱정하지 않고 마음 편히 살 것 같았다

■ 사랑은 감기몸살처럼

수명 다해 하늘이 부를 때
나를 안전하게 이 땅에 묻어 줄 수 있는
너희들이 있기에
나는 비로소
아주 고요히 두 눈 감을 수 있을 것 같았다.

〈무궁화-10p(53×41cm)〉

이별 앞에서

무슨 일이 있을 때마다
어김없이 그 청아한 빛을
시련에 내어주고

자신은
더욱더 깊은 심연으로
자리를 옮겨갔지

밤낮으로
수많은 질타를 당하던
시절에도

분노에 떨며
토해내는 눈물로
별보다 더 반짝이며

바닷물보다 더 진한 세월이
훑고 지나간 자리엔
어느새

온통 가슴이
여기저기 다 무너져
도무지 끝이 보이지가 않았어

항상 작은 움직임만
굳어 가는 침묵의 동굴만
멎어 버린 시간의 무덤만

고스란히 남았지
녹슬고 찢어져
소리도 빛도 없이.

박봉은 作 〈호랑나비와 코스모스〉 10P(53×41cm) 수채화 2011.07

행복

그 사람 눈가에서
무지개처럼 사랑이 피어오를 때
가슴속에서 솟아오르는
희열

그 사람 얼굴 더듬으며
아침햇살처럼 미소가 번져 나갈 때
마음속에서 느껴지는
황홀함

그 사람 정겨움이
화롯불 열기처럼 온몸 적셔 올 때
등뒤에서 감싸 안는
따스함

그 사람 슬픔이
물안개처럼 깨끗이 사라져 갈 때
어깨 위에서 바위 내려놓은 듯한
시원함.

■ 사랑은 감기몸살처럼

회한 · 1

어슬렁어슬렁
스산한 느낌이
살포시 다가와
멋쩍게 등을 기댄다

흐르지 않는 눈물은
머릿속을 갉아먹기 시작하더니
고통스럽게 스며들고 있다

기나긴 세월의 덫은
어느새 잿빛 그을음으로 뒤덮인 채
습하고 그늘진 곳에서
청승맞게 웅크리고 앉아 있다

짙은 고요마저
튼튼하게 버티고 있던
기다란 두 다리 위로
힘없이 무너져 내리고 있다.

회환 · 2

눈치 없는 서릿발이
하루 종일 재잘거리고 있다

이젠 세월의 바람에 닳고 닳아
모두 문드러져 버린 지 오래

활활 타오르던 욕망도
피어오르던 호기심도
그 불씨마저 꺼져 버린 지 오래

소용돌이치며 치솟는 열정의 파도도
깊이를 알 수 없는 감정의 물살도
침묵의 호수에 갇혀 버린 지 오래

뜨겁게 내뿜던 숨소리도
천지가 진동하던 흥분된 모습도
흔적 없이 감춰 버린 지 오래.

회한 · 3

날카로운
번뇌의 호미질에
갈수록 깊게 패여 가는
굵은 주름살 더미

밤마다 우수수 쏟아지는
욕망의 찬서리에
마냥 잿빛으로 물들어 가는
축 늘어진 머리카락

거친 세월의 물살에
속절없이 휩쓸려 떠내려가다
어느새 너덜너덜 만신창이가 된
아버지 닮은 나의 가슴 주머니.

회한 · 4

미친 듯이 춤추는 듯
끝도 없이 흘러내리는
거친 세월의 폭풍우 속에서
난 도저히
빠져나올 수가 없었네

주름살 하나 없이
곱고 부드럽기만 했던
추억이
아버지 닮아 가는 것을
난 그냥 멍하니
바라보고 있어야만 했었네

검고 윤기가 가득했던
털복숭이 머리카락도
하얗게 변색되어
이제 몇 개밖에 남지 않은 걸
난 그저 손놓고
지켜보고 있어야만 했네

그토록 터질 듯
싱싱하기만 했던
나의 가슴속 욕망도
오래된 나의 구두처럼
어느새 너덜너덜해져 가는 것을
난 마냥 운명처럼
흘겨보고 있어야만 했네.

〈코스모스들의 향연-20p(72.7×53cm)〉

추억들에게

미안해
정말 미안해
항상 너무 미안해

그냥 미안해
이유가 없어
그냥 무조건 미안해

이유는 묻지 마
말없이 잔잔한 호수의 물결처럼
그냥 그렇게 바라만 봐 줘
그냥 그렇게 이해해 줘
그냥 그렇게 영원히 간직하고 싶어

쳐다만 봐도 괜히 미안하고
옆에 있기만 해도 미안하고
그냥 바라만 봐도 미안하고
그렇게 그냥 이유 없이
항상 너무 미안하기만 해

■■ 사랑은 감기몸살처럼

그냥 딱
꼬집어 말할 수는 없지만
그렇다고 딱히
어떻게 할 방법은 없지만
그냥 항상
미안한 마음을 주체할 수가 없어

미안해
정말 미안해
항상 너무 미안해
눈을 감고 이 세상을
완전히 떠나는 그 순간까지
미안해.

박봉은 作 〈엄마와 아기토끼〉 10P(53×41cm) 수채화 2011.05

넋두리 · 1

내가 정말 외롭고 쓸쓸할 때
언제라도
옆에 같이 있어 줄 수 있는
그런 그리움이
이 세상에
단 하나라도 있었으면 좋겠다

내가 정말 마음이 허전할 때
옆에 있어 주기만 해도
왠지 가슴이 가득 채워지는
그런 행복이
이 세상에
단 하나라도 있었으면 좋겠다

내가 정말 두렵고 무서울 때
옆에 같이 있기만 해도
왠지 정말 안심이 되는
그런 위로가
이 세상에
단 하나라도 있었으면 좋겠다

내가 정말 속상하고 괴로울 때
진심으로 나를
친형제처럼 위로해 줄 수 있는
그런 사랑이
이 세상에
단 하나라도 있었으면 좋겠다.

박봉은 作 〈정물화 5〉 10P(53×41cm) 수채화 2010. 06

넋두리 · 2

내가 정말 힘들어 할 때
언제라도 달려와
아무 조건 없이
무조건 발 벗고 나서서

도와 줄 수 있는
그런 우정이
이 세상에
단 하나라도 있으면 좋겠다

내가 정말 슬픔에 젖어 있을 때
언제나 곁에 있어 주면서
짓누르고 있던 것들이
몽땅 다 사라져 버리게 하는
그런 마술 지팡이가
이 세상에
단 하나라도 있으면 좋겠다

내가 정말 기뻐할 때
아무 질투 없이 진심으로

함께 기뻐해 줄 수 있는
그런 가슴이
이 세상에
단 하나라도 있으면 좋겠다

내가 정말 행복해 할 때
그 모든 행복을
아낌없이 몽땅 다
나누어 주어 버리고 싶은
그런 손길이
이 세상에
단 하나라도 있으면 좋겠다.

박봉은 作 〈바다와 돌멩이들 1〉 20P(72.7×53cm) 수채화 2011.04

깨달음

모난 돌멩이가 가득 널려져
발바닥이 아파서 못 가겠다고
털썩 주저앉아
할 일 없이 투덜거리기만 했네

가기 싫으면
안 가면 되는 것을

제법 큰 물웅덩이 하나가
가는 길 앞에 놓여 있어
앞으로 나아갈 수 없다며
진종일 불평만 하였네

몇 걸음만 더
돌아가면 되는 것을

잘못을 저질렀을 때
마구 화내기도 하고
속상해서 며칠씩 심하게
가슴앓이를 하곤 했었네

그냥
살짝 눈감으면 되는 것을

하는 일이 뜻대로 되지 않아
몹시 속상하고
세상을 다 잃은 것처럼
절망하고 슬퍼했었네

지금 살아 있는 것만으로도
그저 감사한 것을

가진 물건을 잃어버리거나
남이 그냥 가져갔을 때
몸의 일부를 떼어 주는 것처럼
아프게 생각했었네

남이 내 물건을 가져가 행복하니
그게 나의 행복인 것을.

증오

투명한 비구슬을
입안 가득이 머금고
휘돌아다니며
세차게 여기 저기
마구 뿜어댄다

까칠해진 비바람
가슴 주머니에 몰아 담고
하늘로 땅으로 휘젓고 다니며
거칠게 사방천지를
마구 흔들어댄다.

회색빛 구름덩어리
바구니에 담아 옆구리에 낀 채
휘감아 올라타고
잽싸게 어둠 쪼가리들을
마구 주워 담는다

천방지축 천둥과 번개
손에 쥐고 휘두르며

산야를 휩쓸고 다니며
빠르게 수없이
마구 때려댄다.

〈백색의 자태-20p(72.7×53cm)〉

추억의 향기

언제 어느 때 만나도
항상 반가운

보고 또 봐도
금방 또 보고 싶은

언제나 무슨 이야기든지
허심탄회하게 이야기할 수 있는

어떤 실수를 하더라도
항상 충분히 이해해 줄 수 있는.

박봉은 作 〈정물화 1〉 10P(53×41cm) 데생 2010.02

기도 · 1

내가 언제 어느 때
어떤 모습으로 당신 앞에 서도
항상 예쁘게만 봐 주는 이는
바로 당신입니다

내가 아무리 미운 짓을 해도
절대 화내지 않고 웃으며
너그러이 이해해 주는 이도
바로 당신입니다

내가 무엇이든 믿고
허심탄회하게 이야기하고
의지할 수 있는 이도
바로 당신입니다

언제나 잘되기를 기원해 주고
항상 행복하고 건강하기를
진심으로 기원해 주는 이도
바로 당신입니다.

기도 · 2

이 세상 사람들이 다
나를 증오하고 비난할지라도
언제나 나를
포근히 감싸 주고 안아 주는 이는
바로 당신입니다.

가장 소중한
그 어떤 무엇이라도
아무 의심 없이
무조건 맡길 수 있는 이도
바로 당신입니다.

언제나 마음속에
깊숙이 자리잡고 앉아
편안하고 행복하게
항상 나를 다스려 주는 이도
바로 당신입니다.

절망의 순간에도
죽음을 맞이하는 순간에도

■ 사랑은 감기몸살처럼

추억 속에 아름답게 피어나
나를 빙그레 미소 짓게 해줄 이도
바로 당신입니다.

⟨백합의 속삭임-10p(53×41cm)⟩

기도 · 3

실바람에 부러질 듯
햇볕에 긁혀질 듯
분홍빛 여린 심장
두려움 붙들고 태어나

검고 차디찬 곳에
홀로 내팽개쳐져
구르고 터지고
채이고 밟히고

시뻘겋게 달궈진
상처 난 몸뚱이
고통의 소금물을
수만 번 끼얹으며

담금질하고
또 담금질하여
검고 강해진 두 발로
홀로 힘겹게 일어선다.

회상 · 1

어슴푸레한 저녁 시간
어디선가 바람에 실려 온
감미로운 리듬이
가슴으로 젖어 들어요

가을 향기 스멀스멀
나무 위로 기어오르고
발밑에는
낭만의 물결이 넘실거려요

가시같이 느껴지는 하루가
무척 따갑지만
따스한 추억이
온몸 휘감아 감싸고 있어요

희뿌해진 거울을
당신 기억하는 가슴으로 닦고
가만히 들여다보면
그 속에 당신이 있네요.

회상 · 2

가랑비가 소담히
마음을 적시던 그날
당신의 까만 머리카락 위에
모래알처럼 많은
작은 연민의 물방울들이
마치 은빛 보석처럼
빛나고 있었죠

행복한 느낌 깊숙이 숨겨 두고
수줍어 어쩔 줄 모르던 그날
당신의 떨림이
소리 없는 설레임으로
손끝에 전해 오고 있었죠

하늘 높이 흐드러지게 핀
코스모스 꽃밭을 거닐던 그날
우리의 만남을 축복해 주는 듯
당신의 입술 색깔 닮은
아름다운 꽃비가
쏟아져 내리고 있었죠

들꽃 한 송이 꺾어
나의 가슴에 꽂아 주던 그날
하늘도 땅도
깔깔대며 웃고 있는 듯
당신의 열정 따라 웃고 있었죠.

〈백합의 탄생-10p(53×41cm)〉

석별 · 1

같은 공간 속에서
같은 시간 속에서
서로 얼굴을 쳐다보며
긴긴 밤을 하얗게 지새웠다

같은 눈빛으로
같은 마음으로
정든 목소리를 더 이상
들을 수 없다는 절망 때문에

그냥 그렇게
가슴이 저리고 아파서
살아 있어도
살아 있지 않은 것 같은
죽음의 공간 속에서.

석별 · 2

마음이
쓰리고 쓰리기만 하다
심장을
장작불로 태워 버리는 것처럼
온몸을
식초에 담가 놓은 것처럼

가슴이
아리고 허전하기만 하다
허파에
바람이 다 빠져 버린 것처럼
온몸의
피가 다 말라 버린 것처럼.

석별 · 3

떨어지지
않는
발길

가슴속 눈물샘이
잔인하게 짓눌려
터질 것 같아요

걸음 걸음마다
고통의 못
뽑으며 가요

쏟아져 내리치는 슬픔이
사정없이
마음을 후려치고 있어요

쓰디쓴
시간들을
등뒤로 날려보내고

행복의 추억들을
미친 듯이
마시고 있어요.

〈아름다움.1-10p(53×41cm)〉

詩 창작

하얀 눈더미 위에
아주 조그만 구덩이를 파고
빨간 아기나무를 심고
따뜻한 시간을 뒤집어 씌워
예쁘고 고운 꽃이 피어나기를
몇 날 밤을 지새우며
기다리고 있다

하얀 시심 속에
아주 조그만 동굴을 파고
고슬고슬한 부드러운 깃털을 깔고
키 작은 꿈나무를 심고
싱그러운 행복이 피어나기를
기다리고 있다

하얀 눈구름 위에
아주 조그만 보랏빛 꿈을 심어
아름다운 무지개를 덮어
노란 종이비행기 만들어

향기로운 여행 떠나기를
기다리고 있다

하얀 물보라 속에
수줍음도 묻고
슬픔도 묻고
이별의 아픔도 묻어 버리고
커다란 날개를 퍼덕이며
하늘 높이 날아오를 날을
기다리고 있다.

박봉은 作 〈정물화 6〉 10P(53×41cm) 수채화 2010.08

나의 친구 · I

가끔씩 혼자
갈기갈기 찢겨진 빈 가슴 붙들고
넋 놓고 앉아 있는 나에게
공허함 가득한
차 한 잔 들고 다가와
표정 없이 권하는
그리움

곰팡이 냄새 춤추고 있는
눅눅한 빈방에 혼자 앉아
소주 한 잔에
허전함 한줌 풀어
가슴 가득 들이마실 때
옆에서 돗자리 깔고 앉아
궁상스럽게 나를 쳐다보는
외로움

가을이 오면
그토록 싱싱하던 나뭇잎들이
어김없이 초췌하게 말라져 가고

소슬바람이 세차게 불어
이파리들이 우수수 떨어지고
낙엽이 정처 없이
길 위에 굴러다니며 헤맬 때면
어김없이 나를 찾아와
풀향기 뿌려 주며 치근덕대는
쓸쓸함

사랑하는 사람들과
잠시 동안이나마
아니면 오랫동안 헤어져
멀리 떨어져 있어야만 할 때
텅 빈 가슴속을
가득 채우며 차오르는
시리디시린 감정 위로
짜디짠 눈물
하염없이 쏟아지게 만드는
서글픔.

나의 친구 · 2

내가 이 세상에 태어나
가슴속 숨은 이야기를 무엇이든
정말 믿고 이야기할 수 있는
그런 사람이 하나도 없을 때
느닷없이
공허함 보따리 한아름 싸들고
다정히 내게 다가와
알 듯 모를 듯 야릇한 미소 흘리는
허탈함

내가 누구인가를 생각하며
보이지 않는 미래를 떠올리면
갑자기 형체를 알 수 없는 공포가
온몸으로 엄습해 오는데
그때 오싹함 한 송이 꺾어
나에게 차갑게 내미는
두려움

어느새 세월이
폭포수처럼 쏟아져 흘러

조금씩 늙수그레 변해 가는
초췌한 모습을 보고
자꾸만 아프고
자꾸만 체력이 떨어지는
나에게
기나긴 한숨 한 봉지 들고 와서
심하게 일그러져 상처 난 마음을
한심한 듯이 들여다보는
우울함

이 세상을 살아오면서
지금까지 내가
그토록 굳게 믿었던 사람이
나를 배신했을 때
가슴속에 돋아나는 분노의 싹을
가지런히 다듬어 주며
두드러기 난 나의 등을
아프게 두들겨 주는
절망감.

나의 친구 · 3

언제나
흥분 한 움큼
향기 나는 꽃바구니에 담아
수줍게 가져다주는
기쁨

언제나
소리 없이 창문 열고 들어와
가슴속을 환하게 비춰 주는
즐거움

언제나
박하사탕 같은 상쾌함을
온몸에 뿌려 주는
웃음

언제나
눅눅한 마음을
달콤하게 만들어 주는
행복

언제나
짜릿함 항아리에 가득 넣어
살며시 전해 주는
환희.

〈아름다움.2-10p(53×41cm)〉

해후

한동안
끊겨 있던 그리움이
생기발랄하게
소리 소문 없이
온몸으로 전해져 온다

한동안
메말라 있던 기억이
촉촉한 기쁨으로
아주 상큼하게
온 뇌리 속으로 파고들어 온다

한동안
완전히 꺼져 버렸던 열정이
싱그런 사랑으로
아주 달콤하게
온 마음으로 솟구쳐 오른다

한동안
완전히 얼어붙었던 감정이

따사로운 행복감으로
아주 향기롭게
온 가슴으로 녹아 들어온다.

〈아름다움.3-10p(53×41cm)〉

그리움 · 1

안개 가득 서린
가슴 깊은 곳에서
새하얀 꽃 한 송이로
부스스 눈을 뜨며
해맑게 피어나

기억 속에 잠겨 있다
끝없이 솟아나는
맑디맑은 영혼 따라
소리 없이 녹아들더니

아련한 시간의 계곡 속에서
끊임없이 끓어오르는
거대한 추억의 불길로
솟구쳐 오르다

파래처럼 하늘 보고
그냥 납작하게 누워
온몸을 바싹 말려대더니

어스름처럼 느릿느릿
나무 타고 내려와
응어리진 가슴속 허전함으로
자리잡는다.

〈강남콩의 화려한 부활-10p(53×41cm)〉

그리움 · 2

이를 악물고
일어서 보려 발버둥쳐도
쉽게 일어나지 못하는
극히 아픈
마음 근육들의 엉클어짐

그냥 덜썩
앉아 보려고 해도
쉽게 앉지 못하는
극히 아픈
신경 뿌리들의 뒤틀림

그냥 웬만하면
요동치지 않아 보려고 해도
손길 닿지 않는
극히 머나먼
가슴속 그 먼 곳

그냥 아예
생각하지 않아 보려고 해도

■ 사랑은 감기몸살처럼

절대 지워지지 않는
극히 어지러운
추억 속 혼돈 상태.

〈아름다움.5-10p(53×41cm)〉

늪

언제부터였을까
발밑에 흥건히 고여 있는
진한 기억의 피

지금도
여전히 마르지 않고
끊임없이 솟아나 흐르고 있다

아득히 먼 시간으로부터
도도히 흘러왔던
가시처럼

강가 퇴적물처럼
쌓이고
또 쌓이고 쌓여

침묵을 바닥에 깔고
천년만년 흘러내리는 것을
나는 미처 몰랐다.

■ 사랑은 감기몸살처럼

기다림

스산한 바람 소리에 묻어온
갈고리 추억이
가슴을 후비고 들어와
핏빛으로 물들이면

독 묻은 세월은
단단한 연민의 바위들을
사정없이 달려들어
잘디잘게 조각내고

외로움을 온몸에 두른
쓸쓸함은 하루 종일
그리움의 늪에서
허우적거리고

가면 쓴 허전함은
지루함을 달래며
을씨년스럽게 앉아
긴 한숨을 쏟아내고 있다.

제3장 어떤 정경

park Bong Eun. 2011

〈찔레꽃의 자태-20p(72.7×53cm)〉

어떤 정경

전철을 타고 혜화역에 내려
계단을 올라가니
즐비하게 늘어선 노점상들이
저마다 상품들을 진열해 놓고
진득 진득한 시선을 굴리고 있었다

나뭇잎들이 다 떨어져 버린
겨울나무처럼
모시바람에 하루 종일
온몸을 내맡긴 채

소리 없이 몸부림치는
시간의 목덜미를 깔고 앉아
하루 종일 꼼짝도 않고 서서
깊디깊은 침묵을 퍼 올리고 있었다.

섬진강가

물새는 가냘픈 추억 달고서
회색빛 속으로 날아오르고

와르르 부서지는 물결은
회한의 물안개로 피어오르고

한 점이 되어 버린 사공은
허옇게 핀 시간 속으로 침몰해 가고

살풀이하러 나온 물그림자들은
쪽빛 그리움 타고 출렁거리고

한사코 구름 빨아대는 노을은
빈 가슴속을 시리게 적시고.

뚝섬에서

빗방울은
아래에서 위로 오르다
고꾸라져
헤집고 다니고 있다

길가에서 졸고 있던 쓰레기들도
광기 어린 표정으로
이리저리 나뒹굴고 있다

산산이 깨져 버린 혼돈 속에서
묵직하게 움직이는 손수레 소리가
쇠갈고리처럼 귓전을 후벼대고 있다

직각자처럼 구부러진 허리가
구겨진 삶을 호주머니에 쑤셔 넣은 채
뒤뚱뒤뚱 걸어오고 있다

일순간 정지되어 버린 가슴속으로
시리고 쓰린 마음 조각들이
와르르 쏟아져 내린다

가끔씩 실룩이는 입술에서
터져 나오는 헛기침이
깊게 패인 주름 위로 흘러내리고 있다

쌈지 주머니를 뒤적여 찾은 고뇌는
흔적만을 남기고 가 버린
하얀 담배꽁초들을 입에 물고
하얀 추억들을 빨대처럼 빨아올린다

삐걱거리는 손수레 바퀴 소리가
먹물처럼 물컹한 어둠의 셔터를
힘차게 잡아 내리고 있다

가슴속을 몽땅 다
비워 버린 지 오래인 듯
눈길조차
빛바랜 회한처럼 오그라져 있다

비에 젖은 머리카락을
목에 두른 낡은 수건으로
비벼 닦으며 걷는다
곰발바닥 같은 두 손은
오래도록 길들여진 양
차가운 쇠붙이를 로봇처럼 잡아끌고 있다.

새벽 고속버스 터미널

도로 위를 쏜살같이 달리는 차들이
수없이 들이받고 흔들어대도
이른 아침 물안개는 꿈쩍도 않고
아직 새벽잠에 취해 있다

어둠이 서서히 하수구 밑으로 스며들면
허름한 겉옷 하나로 감싼 몸뚱이는
자꾸만 차겁디차거운 망각의 두지 속으로
오그라들고

터미널 건물 안에서 새어나오는 불빛은
베틀에 늘어선 가느다란 명주실처럼
하얗고 촘촘하게 늘어서 있고

등허리 군데 군데 들러붙어 있는 소금기는
거머리처럼 희망을 빨아먹고 있고

어디선가 들려오는 가느다란 기침 소리는
강물 뒤덮은 얼음장을 가르듯
날카롭게 어둠의 흔적을 깨고 있다

■■ 사랑은 감기몸살처럼

머리가 무거워 흔들리는 듯
사람들은 로봇처럼 비틀거리며
건물 안으로 속속 빨려들어 가고 있다

아직 잠이 덜 깬 듯 걷는 사람
여기저기 두리번거리는 사람
아직도 구석에 웅크려 꿈속을 헤매는 사람
아예 벌러덩 누워 코를 고는 사람
조그만 쪽잠 하나씩 들고 저마다의 사연들을 좇아
열심히 아침 그림을 그리고 있다

조롱하듯 히죽거리며 밤새 파헤쳐진 둥지를
잔인하게 쪼아대던 갈가마귀 소리가
왁자지껄한 사람들 소리에 부딪쳐
와르르 무너져 내리면

숨겨진 표정 뒤로 흘러내리는 이별의 눈물은
조명등에 비추어 흔드는 손사래 사이로
희멀겋게 반짝이고 있다.

황산을 오르며

텅 빈 가슴에 하얀 종이 한 장
작은 손 안에 가는 붓 하나 든
수줍은 설레임이 산을 올랐다

물안개 사이로 서서히 드러나는
도도한 자태들과
봉우리를 넘나드는 바람만이
넋 나간 얼굴을 어루만지고 있었다

깎아지르는 듯한 절벽 끝자락에 서서
하늘과 땅을 바라보며
수만 년을 견뎌온 기암괴석들이
외치고 있었다

입은 있으나 할 말이 없고
눈은 있으나 다 담을 수 없고
귀는 있으나 다 들을 수 없고
가슴은 있어도 다 품을 수 없어라

수천 년을 살아온 검은 노송이

솔잎 하나 떨어뜨려
머리를 쓰다듬어 주며 덧붙였다

지금까지 그토록 애지중지 부둥켜안고
살아왔던 절망도 아물지 않은 상처도
별것 아니니라

끝을 가늠할 수 없는 산자락을
수없이 밟고 또 밟고
오르고 또 올라도
그저 말없이 바라다보기만 하는
침묵의 눈길

높이를 알 수 없었던
아버지의 고뇌처럼
등허리를 말없이 다독이며
어루만지고 있을 뿐.

새벽 남대문 시장에서

냉기가 흐르는 짙은 그림자 사이로
고양이들의 처절한 울부짖음이
새벽 정적을 실타래처럼 휘감아 돌면

모여드는 발자국 소리가
시장 바닥을
흥건히 적시기 시작한다

조각조각 부서진 빛줄기들은
희멀건 사람들의 얼굴을
황토밭에서 감자 캐듯
하나 둘 드러내 놓고

밤새 취해 있던 물안개는
인기척에 놀라 슬며시 꼬리를 감추고
흡혈귀처럼 어둠을 빨아대고 있다

점점 끓어오르는 열기는
미처 숨쉴 틈 없이
크기가 다른 수만 가지 사연에 밟혀

■■ 사랑은 감기몸살처럼

꿈틀거리고 있다

밤새 설쳐대던 외로움은
혀끝 자극하는 본능을
아프게 찔러대고 있고

길가에 가득 쌓인 절망들은
서녘 하늘로 하얗게 피어오르고 있고

삶을 향한 강한 불길은
단단한 시장 바닥으로
점차 스며들기 시작한다

희뿌연 물안개 옷 겹겹이 껴입고
하나 둘 좀비처럼 모여들던
깡마르고 쭈글쭈글한 목마른 외침들은
함께 뒤섞여 하얗게 들볶아지고 있다.

한밤 서울역에는

조명이 하나 둘 꺼져 가면
크고 작은 껍데기들이
여기저기 자리잡기 시작한다

거적때기
깔기 시작하는 사람

신발 신은 채
돗자리 깔고 앉는 사람

찢어진 신문지를 바닥에 펴고
눕는 사람

그냥 맨바닥에
주저앉는 사람

앉을 자리 찾지 못해
마냥 두리번거리는 사람

한쪽 구석에 서서

■■ 사랑은 감기몸살처럼

담배를 하염없이 빠는 사람

팔짱을 낀 채 허공을
멍하니 쳐다보는 사람

누더기처럼 덕지덕지
짜깁기를 해온 발자욱을
축 처진 어깨에 걸치고 있는 사람

생기발랄했던 연둣빛 추억을 내팽개치며
거칠고 긴 고통의 터널을
터벅터벅 걷는 사람

깊게 패인 상흔의 그림자 뒤로
타들어가듯 번지는 쓴 미소를
퍼 올리는 사람

초점 잃은 눈빛에 떠다니는 하품들을
히죽거리는 눈꺼풀로
끌어당기고 있는 사람

술에 취한 듯 비틀거리며
구석으로 걸어가
짜디짠 서러움을 콸콸 쏟아내고 있는 사람

따가운 시선으로 반죽된 대못을
사정없이 가슴 깊이 박아대는 사람

혀를 낼름거리며 구석 구석을 핥아대고 있는
허기진 상념처럼
이제는 서 있을 기력조차 없는 사람

회한 속에 긴 밤 저물어 가고
아침이 오면
지옥 같은 잔치는 끝날 거라 믿는 사람

발바닥에 붙어 버린
차거운 그리움 조각들을
맵고 따가운 시선들로 버무리는 사람

독사처럼 스며들어 오는 외로움에 물려
살을 찢는 듯한 고통으로
벌벌 떨고 있는 사람

자존심을 엉덩이 밑에 깔고 앉아
허허 웃고 있는 사람

피눈물에 젖어 꺼져 버린 불씨를
어떻게든 살려보겠다고

찢어진 종이 위에 뭔가를 긁적거리고 있는 사람

소름끼치게 야위어진 얼굴에
담쟁이넝쿨처럼 단단하게 달라붙어 있는
새하얀 여린 꿈을 눈꼽처럼 달고 있는 사람

오래 전에 굳게 닫힌 가슴
스며든 절망으로
녹이 슬어 있는 사람

누더기처럼 찢어지고 빛바랜 마음결로
밤새
온 가슴을 누비고 다니는 사람

탄식과 아우성이 널브러진 바닥 위에
어둠의 꼬리 붙잡고
서둘러 달려가는 사람

꽉 막혀 버린 하얀 시멘트벽을 향해
기도하듯 고개를 숙인 채
혼자서 열심히 중얼거리고 있는 사람

어머니 손길처럼 다정한 별빛을
한 올 한 올 한데 모아

머리 위로 눈부시게 뿌려대고 있는 사람

허허로운 벌판에
꽃동산 하나 만들어 놓고
둔덕에 등허리 부벼대고 있는 사람

뜬구름 속에 깊게 감추어진
구성진 하모니카 소리로
쏟아지는 배고픔을 묶어 놓고 있는 사람.

박봉은 作 〈수선화 1〉 10F(53×45.5cm) 수채화 2010.09

■■■ 사랑은 감기몸살처럼

새벽 노량진 수산시장

짙은 적막함을
묵직하게 깔고 앉아 있는
시간도 빛도 모두 정지되어 있다

뒤척이며 헤매던 쓸쓸함은
어둠 속을 스멀스멀 기어다니고

코끝 찌릿하게 잡아당기는 비린내는
쪼개진 은빛 혀를 낼름거리며
째려보고 있다

국수타래처럼 갈갈이 갈라진 불빛은
기둥을 타고 흘러내리다
왁자지껄 소란스러움에 놀라
우수수 바닥으로 쏟아져 내리고 있다

사람들은
저마다 눈부신 빛의 가면을 쓰고
아무런 표정도 없이
네모난 상자 속으로 모여들고 있다

희끗희끗 나타났다 사라지는
현란한 군무는
물 빠진 바닷가 짱뚱어 떼처럼
쉴 새 없이 촐랑대고 있다

스며드는 찬바람은
바삐 부벼대는 발걸음에
소리 없이 녹아내리고
애절한 사연들은
높다란 천장 위에 매달려
형체를 알아볼 수 없게
메말라 가고 있다

헝클어져 내동댕이쳐진
피곤한 시간들은
머릿속에 질펀하게 자리잡고 앉아
칭얼대고 있고

분홍빛 연민들은
솜털 옷 틈새로
고개를 기웃거리다가
비린내처럼 앙칼지게 달라붙어
추억의 손바닥을 찢어 갈라놓고 있다

가슴 깊은 곳에 들어앉아
만신창이가 된 애환은
생선들처럼 하루 종일
까칠한 냉기 속에 푹 절여져 있고

진열대의 비닐을 걷어내자
거친 파도가 턱밑까지 차오르고
갈매기 떼가 끼룩끼룩
요란스레 하늘로 날아오른다

발바닥 타고 올라오는 근심도
엿가락처럼 늘어진 나른함도
수없이 몰려드는 발길에 밟혀
연신 숨을 헐떡이고 있다.

박봉은 作 〈정물화 2〉 10P(53×41cm) 데생 2010.03

어느 인력시장에서

허름한 작업복 차림의 사람들이
사무실 여기저기에
하나 둘 나타나 자리잡기 시작한다

보이지 않는
유리벽과 두려움과 연민과 시름을
온몸에 두른 채

구석에 놓여져 있는 소파는
고달픔처럼 갈갈이 찢기고 닳고 닳아
속살이 훤히 드러나 있다

일그러진 침묵과
전화 벨소리가 뒤엉켜
사무실 바닥에 나뒹굴고 있다

어깨 위에 걸쳐진 초조는
담배꽁초를 내려다보며
가쁜 숨을 몰아쉬고

허공을 떠다니던 꿈의 그림자는
한 줄기 긴 한숨 소리에 놀라
작업복 위로 굴러 떨어지고

우르르 쏟아지던 두려움의 화살은
끈적끈적한 시련의 계단 앞에서
어슬렁거리고 있고

되새김질 당한 질긴 고뇌가
슬며시 빠져나와
벽 위로 떼 지어 기어다니고 있다.

박봉은 作 〈소나무 1〉 10P(53×41cm) 수채화 2010.10

꽃샘추위

비탈길에 흐드러지게 핀
노란 추억들이
햇살 끌어모아
수다떨며 온몸 씻어대도
그저 시큰둥히 바라만 보고 있다

기나긴 기다림 속에서
기지개 켠 설렘들이
가녀린 연둣빛 향기로
힘껏 껴안아 주어도
아직 떠날 줄을 모르고 있다

겉치레를 걷어내고
그리움의 뽀얀 살내음이
아지랑이와 손잡고
왁자지껄 소란을 떨어대도
못 들은 척 낮잠만 자고 있다.

명자나무꽃

백사장 모래알처럼
많은 역사의 시간들이
부르터진 영혼들을 위해
피를 토하고 있었다는 것을
미처 알지 못했다.

박봉은 作 〈홍연꽃 1〉 10P(53×41cm) 수채화 2010.11

봄날

하늘까지
웃음꽃이
자라고 있다

연둣빛
분홍빛
하늘빛으로
자라고 있다

아지랑이 타고
사랑의 느낌 타고
행복의 물결 타고
자라고 있다.

심장

어느 날부터인가 소리 없이
내 작은 가슴속으로 들어와
선홍빛 수호신이 되어
마음에 생채기가 날라치면
솟구치는 혈관들을 보내
위로해 주고 달래 주곤 한다
잠시도 곁을 떠나지 않고
두근두근 밤새 따뜻하게
연인처럼 지켜 주고 있다
우울하고 외로워할 때는
아주 차분하고 나지막하게
북소리 힘차게 들려주며
영혼을 꼭 붙들도록 해준다.

철쭉꽃 · 1

가슴속에
또아리 틀고 앉아

불붙은
그리움

붉디붉은 설렘의 속살을
드러내 놓고

저리 이글이글
온몸 태우는 걸까.

박봉은 作 〈정물화 3〉 10P(53×41cm) 데생 2010.04

■■ 사랑은 감기몸살처럼

철쭉꽃 · 2

사랑하는 님
행여 그냥 지나칠세라
불붙은 하소연 부벼대며

설렘 자락 붙들고
홀로 앉아
온몸 붉게 물들이며

이글거리는 아쉬움에
몸서리치는 듯
바람에 오들오들거리고 있다.

박봉은 作 〈정물화 4〉 10P(53×41cm) 데생 2010.05

아카시아꽃

쏟아지는 은빛살
곱게 구워 모아
꽃목걸이 꿰어 걸고

한껏 유혹하러
코끝 간지럽히는
꿀향기 만들다가

가랑비 맞으며 떠난
못다 한 사랑 아쉬워
고개 떨구더니

애타는 그리움에
기나긴 밤 견디기 힘들어
온몸이 노랗게 타들어 간다.

산 정상

목 타는 일상이
바람 되어 머무르고
가슴 적시는 회한의 물안개가
으슥한 산마루 휘돌아
두 다리 사이를 비집고 들어오면

용솟음치는 그리움이
산자락 따라
정상 돌무더기에 요람을 틀고
거룩한 기상으로 머물러
잠시 휴식을 취한다.

열대야

가슴에 쏟아져 내리는
진한 외로움
찬물 한 사발에
휘휘 풀어 마셔 버리고

발밑에 줄줄 흘러내리는
진득한 쓸쓸함
밤새 차디찬 별빛 아래
내다 말리고

영혼 깊은 곳에서 깨어나는
초췌한 허전함
눅눅한 새벽바람에
흩날려 보내고

심장에서 솟구쳐 오르는
시뻘건 그리움
추억으로 흠뻑 적셔
한입 가득 베어 씹는다.

■■ 사랑은 감기몸살처럼

인터넷

아무때나
나와 즐겁게 놀아 주고

아무때나
나와 다정히 대화 나누고

아무때나
나에게 친절히 가르쳐 주고

아무때나
내 마음 전부 기억해 주고

아무때나
내 기분 흠뻑 적셔 주고

아무때나
내 가슴 다 이해해 주고.

코스모스 · 1

흐르는 물안개에
가냘픈 얼굴 씻고

간들간들 실바람에
가느다란 초록머리 말리고

간지럽히는 잠자리에
온몸 비틀어 흐느적거리고

불어오는 가을바람에
아픈 이별을 준비하는

철부지
소녀.

코스모스 · 2

늙수그레한 소슬바람
잠시 머물렀다
길 떠나면
초록 손 흔들며 인사하고

새벽 물안개에
허우적 허우적
얼굴 씻고 눈물짓는
외로움.

박봉은 作 〈능소화 1〉 10P(53×41cm) 수채화 2011.02

어느 늦가을 · 1

희노랗게 말라 버린
어수선한 그늘나무 속
초췌한 풀잎 위에

햇볕에 그을린
별꽃들이 피어 있다
까칠해진 소슬바람이

가지마다 주렁주렁
애처롭게 매달려
온종일 칭얼대고 있고

몇 개 남지 않은 이파리들은
손을 흔들며
이별을 노래하고 있다

낙엽들이 방황하고 있는
길바닥 위를
멋쩍게 쭈삣거리며 서 있는
시간들을

서둘러 재촉하고 있다

햇살 가늘게 조각내어
온몸에 부둥켜안고
이유 없이 심술부리던
저녁노을 쫓아
갈 길 서두르고 있다.

박봉은 作 〈백연꽃 1〉 10P(53×41cm) 수채화 2010.12

어느 늦가을 · 2

쓰리디쓰린 이별이
산자락에 길게 늘어서서
울긋불긋 피어나고 있다

찬바람이 넘실대면
구르는 낙엽 따라
갈색 향기가 구르고 있다

이미 탈색되어 버린
한숨 소리가 아쉬운 듯
스멀스멀 흘러내리고 있다

계절의 길목에
듬성듬성 서 있던 쓸쓸함만
낙엽처럼 나뒹굴고 있다.

〈수선화의 기다림-10p(53×41cm)〉

어느 늦가을 · 3

설치는 소슬바람에
살이 부쩍 오른 허전함이
온몸을 할퀴대고 있다

어디서 왔는지 모를
늙수그레한 허허로움은
파란 하늘빛 추억 위로
무리 지어 사뿐히 내려앉는다

갈대밭 사이로
너주레한 어수선함이 진을 치고
키 자란 그리움은
고개 떨군 지 이미 오래 되었다

길게 늘어선 산자락 사이에서
머뭇거리던 쓸쓸함은
석양을 바라보며
비스듬히 누워 있다

억새 뒤에 내려앉은 스산함만

■ 사랑은 감기몸살처럼

쪼아대는 물안개 속에서
가을 목덜미 붙들고
밤새 흐느끼고 있다.

⟨장미 3형제-10p(53×41cm)⟩

어느 늦가을 · 4

때늦은 가을비에
아쉬움들 우수수
슬프게 떠나고

허기진 비바람에
아린 추억들은
가슴속 창을 쥐어뜯기며
매달려 있고

허한 마음은
찡한 사연들 가슴에 두른 채
머나먼 길 재촉하고 있다.

■ 사랑은 감기몸살처럼

박봉은 作 〈능소화 2〉 20P(72.7×53cm) 수채화 2011.03

어느 늦가을 · 5

초췌한 허전함이
어깨 축 늘어진 채
사립문을 나서고 있다

쓸쓸함 가득 뒤집어쓰고
부스러진 마음 조각들
흩뿌리며 뛰어가고 있다

회한의 눈물을 쏟아내며
빛바랜 갈색 걸음으로
비틀비틀 걸어가고 있다

새벽녘 긴 그림자 드리우며
저 멀리 산자락 밑으로
소리 없이 스며들고 있다.

■ 사랑은 감기몸살처럼

〈돌배와 꽃-10p(53×41cm)〉

토함산을 오르며

길고도 긴 세월 동안
새벽 물안개를 비집고
걸음걸음 내딛고 있는 발끝으로
진한 속울음이
아프게 전해져 온다

보이지 않는 곳에서
천년의 눈길이 나를 노려보고
들리지 않는 곳에서
천년의 흐느낌이 우리를 휘감고 있다

갈 길 몰라 방황하는 역사는
슬픈 가면을 둘러쓴 채
마냥 할퀴어대고

부르터진 상흔들은
으슥한 곳에 눌러앉아
눈물만 쏟아내고 있다

덩달아 나의 고뇌도

너울대는 추억의 물결 속에
속절없이 녹아 흘러내리고

휘몰아치는 회한의 빛방울들이
가슴속 깊이 폭포처럼 쏟아져 내리고
기나긴 침묵만 묵묵히
역사의 계단을 기어가고 있다

발끝에서 머리끝까지
솟구치는 그리움
머나먼 풀숲 저편에
초점 잃은 눈망울로
휑하니 서 있을 뿐.

가을

살며시
당신 손을 맞잡고 있노라면
마치 한몸이 된 듯
당신의 온몸에 흐르는 피가
몽땅 다 내 몸속으로
밀물처럼 스며들어 오는 것 같아요

지그시
당신의 웃는 모습을
무심코 바라보고 있노라면
마치 당신의 미소가
아지랑이 꽃밭으로 쏟아지는
금빛 햇살처럼
나의 까칠한 마음 위로
우르르 쏟아져 내리는 것 같아요

가만히
귀를 기울여서
당신의 재잘거리는 소리 듣고 있노라면
마치 창호지에 물이 스며들 듯

내 마음속으로
소리 없이 번져 들어오는 것 같아요.

〈호수의 여유로움-20p(72.7×53cm)〉

첫눈

감동의 물결이 요동치는
작은 가슴속으로
파르르 떨리는 설렘 부여잡고
가슴 시리게 뚫고 들어온다

꽃향 가득 뿌린 환희처럼
굳게 닫힌 마음문 열고
싱그러움 가득 문 채
미소 흘리며 다가온다

소리 없이 곁을 떠나갔던
진한 아쉬움의 그림자가
이제 다시 기쁨 가득 담아
발밑으로 진하게 스며든다

빛바랜 그리움에 절여진
추억의 핏빛 멍울 터뜨리며
쓸쓸한 두 손 부여잡고
온몸 뜨겁게 달구며 내린다.

설경

여기서도
저기에서도
하얗게 눈이 내렸습니다

세상 위에 눈이 있고
눈 위에 내가 있고
내 위에 세상이 있습니다

세상도 눈도 나도
온통 하얗게
하나가 되었습니다.

꽃샘추위

겨우내 봄을 시샘하다
이제
새까맣게 얼룩진 모습으로
북으로
길게 늘어서 있다.

사랑은 감기몸살처럼

박봉은 作 〈베고니아꽃〉 10P(53×41cm) 수채화 2011.06

어느 늦겨울

소름이 덮쳐 오는
늦은 저녁
먹구름은
눈발 잔뜩 머금은 채
하루 종일 칭얼대고 있고

바람은
빛바랜 추억의 속가슴을
잔인하게 어루만져 도려내고

달빛은
진득진득한 어둠 속에 파묻혀
갈 길 몰라 방황하다
차갑게 얼어붙어 버렸다.

〈자목련의 미소-10p(53×41cm)〉

해질녘

그리움에 그을린
먼 산자락은
지평선 위에 맥없이 길게 드러누워 있고

아쉬움의 늪 속에서
허우적거리며 몸부림치던 외로움은
강렬한 분노를 토해내고 있고

쓸쓸함에 바싹 말라 버린 추억은
포근한 달빛 머금은 채
가슴속으로 소리 없이 번져 가고

별빛 타고 흘러내린 어스름은
상처 난 기억 속 허전함을
연신 핥아대고 있다.

벚꽃

피부 고운 여인네인 양
새하얀 추억으로
뒤집어썼지만

하늘 속 구름인 양
새하얀 보고픔으로
예쁘게 치장했지만

풀어놓은 솜이불인 양
새하얀 그리움으로
눈부시게 단장했지만

이 땅에 들어와
산천을 유린했던
적들이 떠올라

난
널
사랑할 수 없구나.

어느 봄날에

싱그러운 내음의 문이 열린다
검게 닫혀 있던 하늘길이 뚫린다
움츠리고 있던 마음이 터진다
그 속으로 향긋함이 몰려든다.

박봉은 作 〈자화상〉 10F(53×45.5cm) 수채화 2011.01

■ 사랑은 감기몸살처럼

5월에는

추억 속으로
꽃비가 쏟아지고
꽃비 속으로
내가 걸어간다

그리움 속으로
꽃바람이 불면
꽃바람 속으로
내가 뛰어간다

기다림 속으로
꽃향기 불어오면
꽃향기 속으로
내가 날아간다.

봄꽃에게

사무치게 시리도록
끝없이 가슴으로 스며들어
침묵의 그림자 속에 묻힌
추억의 안부를 묻는다

막차가 떠나 버린
빈 기차역처럼
쓸쓸함 가득 서린 마음으로

온몸이 새까맣게 타들어 가
미치도록 눈물겨운
그리움의 속살 어루만지며

하얀 고요가 철거머리처럼
사방에 달라붙어 있는
회색빛 뜨락에 서서.

〈포도와 여름-10p(53×41cm)〉

억새

햇살 길게 늘어진 산자락에
짓무른 심장 움켜쥐고 설움 토해내며

하얀 날개 퍼덕이며
그리움의 숲속을 거닐다가

아스라이 추억의 바다 바라보며
하염없이 애간장 태우다가

별빛이 뿌리는 애잔함 맞으며
이내 지쳐 쓰러져 잠이 든다

이별의 아쉬움
가슴 한켠에 묻어 둔 채

조각 편지 하나씩 떼어내어
조그만 소망 하나 매달아

밤길 걸어 살며시 다가온 갈색바람에 실어
멀리 멀리 날려보내고 있다.

〈나팔꽃의 비상-10p(53×41cm)〉

해질 무렵

눈부신 몸짓으로
가슴속 한켠에 남아 있는
애잔한 추억 쪼가리들

높새바람에 실려와
온몸 붉게 물들인 채
소리 없이 잠겨 있다

어스름은 일그러진 미소 흘리며
그리움의 숲속을
저리 어슬렁거리며 기어다니고 있는데

가시 돋친 상념으로 가득찬 속가슴은
꺼지지 않는 고통의 숯불에
저리 지글지글 타들어 가고 있는데.

■■ 사랑은 감기몸살처럼

전설의 영웅 박봉은 작품집

당신만 행복하다면
박봉은 제1시집

아시나요
박봉은 제2시집

당신에게 · 하나
박봉은 제3시집

비밀 일기
박봉은 제4시집

유리인형
박봉은 제5시집

당신에게 · 둘
박봉은 제6시집

사랑은 감기몸살처럼
박봉은 제7시집

나눔이 행복입니다

박봉은 시인 제6시집

라이온스의 주제는 "We Serve(우리는 봉사한다)"이다. 지난 1954년 공식 주제로 채택된 이래, 회원 개개인의 이익에만 치중하지 않고 누구에게나 공평한 봉사 활동을 펼칠 것을 주창한 멜빈 존스의 의지와 맞물려 라이온스의 철학을 대표하게 되었고, 모든 라이온들이 자발적이고 헌신적인 봉사 활동을 계속해 오고 있다.

특히 '나눔이 행복' 이란 케치프레이를 갖고 있는 354-D지구는 라이온스 윤리강령의 사회적 구현을 통하여 사회에 봉사하고 흡륭한 지도력을 연마한과 동시에 복지민주국가의 성장 발전에 기여하고 나아가 국제적 이해와 우의를 증진시키는데 앞장서고 있다.

이러한 가운데 사업가이자 시인 그리고 화가로의 창작활동을 하며 왕성하게 하며 '어렵고 힘든이'들에 정이 넘치는 봉사활동을 하는이가 있다. 국제라이온스협회 354-D지구 의전분과위원회 박봉은 의전위원장이 그 장본인이다.

2017년 丁酉年이다. 세월을 빠르게 가는듯 하다. "이렇듯 자연은 변한게 없으나 우리 ■■는 작금에 물질만능주의가 팽배해져서 인심이 횟겨져내리고 인륜이 무너져내리고 있습니다. 이러한 삭막하고 무서운 새로운 도전의 시대를 맞아 우리 라이온 동지여러분들은 보다 더 따뜻하고 정이 넘치는 봉사정신을 열심히 실천해나가고 있습니다." 박봉은 의전위원장이 오래전 한 말이다.

오늘의 詩選集 23

당신에게 · 둘

박봉은 시화집

서예

"남에게 베풀고 봉사하는 사람들이
품안에 움켜쥐고 돼지처럼
자기만 배불리 먹고 살려는 사람들보다
훨씬 더 오래산다고 합니다"

국제라이온스협회 354-D지구 의전분과위원회
박봉은 의전위원장

박봉은 의전위원장은 "지금 우리가 살고있는 지구에는 끝도 없이 광활한 넓은 바다가 존재하고 있습니다. 이 바다는 수십억년의 세월이 흘러온 지금에도 전혀 썩지 않고 온갖 생명들이 살아 숨쉬고 있습니다. 여러분들은 이 바닷물이 썩지 않는 이유를 알고 계십니까? 이 바닷물에는 신비스럽게도 정확하게 평균 3.5%의 염분이 함유되어 있습니다. 이 드넓은 바다가 수십억년의 세월을 흘러가면서도 썩지않고 각종 생명들이 넘쳐흐르는 이유는 바로 이 바닷물속에 함유있는 3.5%의 염분때문입니다. 이 3.5%의 염분 때문에 드넓고 광활한 바다는 수십억년의 세월이 흘러도 썩지 않고 살아숨쉬고 있었던 것입니다. 저는 이 바닷물에 함유되어있는 3.5%의 염분의 의미를 아주 신비스럽고 의미있게 받아들입니다.

그렇다면 우리 인간사회는 어떨까요? 우리 인간사회에도 바닷물속의 3.5% 소금과 같은 역할을 하는 3.5%의 선의 집단이 존재한다고 저는 확신합니다. 우리 인간사회에는 여러 종류의 봉사단체들과 종교단체들이 많이 있습니다. 바로 이런 단체들이 야말로 우리사회를 썩지않게 하고 맑아지게하는 3.5%의 선의 집단인 것입니다. 나는 이런 3.5%의 선의 집단속에 바로 우리 라이온 동지여러분들이 존재한다고 생각합니다. 우리 라이온동지 여러분들이 바로 우리 사회를 썩지 않게하고 맑아지게하는 3.5%의 소금이라고 저는 확신하고 있습니다. 이3.5%의 선의 집단의 논리는 일반적으로 알려진 논리가 아니고 저만이 주장하는 저 개인적인 철학입니다." 오래전 박봉은 의전위원장이 한 얘기다.

특히 박봉은 의전위원장은 "봉사정신이라는 높은 가치를 지닌 여러분과 같은 훌륭한 라이언동지 여러분들이 있기에 이 세상은 영원히 썩지않고 맑아질 것입니다. 우리 라이온 동지 여러분들은 열대사막 한가운데서 샘솟는 한줄기 시원한 샘물과도 같습니다. 그리고 이 자리에 계시는 우리 라이온동지여러분과 같

"시인 활동과 더불어
그림을 그리는 화가로 널리 알려져…"

정이 넘치는 봉사정신이 몸에 밴
박봉은 의전위원장

은 분들이 더욱 더 많이 이 사회를 지탱하고 있어야만 이 사회는
쓰러지지않고 영원히 썩지 않을 것입니다. 그렇기 때문에 우리 라이
온은 존재하는 것이고 그렇기 때문에 우리 라이온은 열심히 봉사
해야하는 것입니다. 앞으로도 우리 라이온 동지여러분 모두 다 함
께 손잡고 열심히 봉사의 길을 걸어갔으면 한다"고 말했다. 박봉
은 의전위원장의 간절한 소망이기 때문이다.

그래서 그는 지금까지 "진실된봉사, 참된봉사, 올바른봉사"라는
가치를 내걸고 우리 라이온의 숭고한 봉사정신을 성실히 수행해
나가고 있다. 박봉은 의전위원장은 "우리들의 정성어린 봉사로
이 사회가 밝아지고 기쁨의 나무가 사회 곳곳에서 무럭무럭 자라
준다면 이 보다 더 큰 보람이 어디였겠습니까? 우리 라이온 동지

여러분들의 진실되고 참되고 올바른 봉사정신으로 인하여 이 사
회 모든 구석구석이 밝은 □볼로 도도히 변져가는 그런 아름다운
세상이 오기를 우리 모두 함께 희망해봅니다." 라고 말한다.
그러면서 그는 "남에게 베풀고 봉사하는 사람들이 품안에 움켜쥐
고 돼지처럼 자기만 배불리 먹고 살려는 사람들보다 훨씬 더 오래
산다고 합니다. 참으로 일리있는 말이라고 생각됩니다. 저는 아들
이 아직 어리기때문에 좀 더 오래 살기위해서 열심히 봉사의 책무
를 다할려고 마음 먹고 있습니다" 고 말한다.

1955년 전남 화순에서 태어나 엔지니어링을 전공한 박 위원장은
풍부한 감수성과 뛰어난 문학적 소질을 지녔다. 그는 1970년대에
민중시로 이름을 떨친 양성우 시인의 친조카로, 2009년부터 인터

첫 개인시집인
제1시집 〈당신만 행복하다면〉을
시작으로
제2시집 〈아시나요〉,
제3시집 〈당신에게 하나〉,
제4시집 〈비밀일기〉,
제5시집 〈유리인형〉
제6시집 〈당신에게, 둘〉을
잇달아 출간하였고,
시인 활동과 더불어
그림을 그리는
화가로의 생활도
병행하고 있다.

1970년대 민중시로 이름을 떨친
양성우 시인의 친조카인 박봉은 의전위원장은
1955년 전남 화순에서 태어 났으며,
풍부한 감수성과 뛰어난 문학적 소질을 지녔다.

넷 카페 문학 동아리에 참가하며 본격적으로 시를 쓰기 시작했다.

첫 개인시집인 제1시집 〈당신만 행복하다면〉을 시작으로 제2시집 〈아시나요〉, 제3시집 〈당신에게 하나〉, 제4시집 〈비밀일기〉, 제5시집 〈유리인형〉 제6시집 〈당신에게, 둘〉을 잇달아 출간하였고, 시인 활동과 더불어 그림을 그리는 화가로의 생활도 병행하고 있다. 미술 분야의 특별한 교육이나 공부의 기회가 없었지만 한 눈에 봐도 뛰어난 박봉은 시인의 미술작품들은 여러 공모전에 입선할 만큼 작품성을 인정받고 있다. 박봉은 시인의 시집 안을 들여다보다보면 시의 분위기나 정서에 어울리는 자신의 그림들이 적절히 배치되어 있어 마치 시화작품을 보는 느낌이 들기도 한다. 박봉은 시인의 시·그림들은 화려한 기교나 과장된 표현은 철저히 배제된 모습으로 소박함, 순수함, 감수성, 애틋함, 슬픔, 희망의 메시지 등 아픔과 쓰라린 경험 뒤에 오는 깨달음으로 감동을 전해주고 있다. 특히 박봉은 의전위원장은 일상생활에서 느끼는 감정과 소회, 인간관계에서 얻은 깨달음, 간암이라는 극심한 병고를 통한 삶에 관한 성찰 등을 함축적인 시적 언어로 변용하여 '당신만 행복하다면', '아시나요', '당신에게 1', '비밀일기', '유리인형' '당신에게둘' 등의 시집에 담아냈다. 작품성을 인정받는 박봉은 시인의 시 중에서 '걱정 말아요'는 전남 광주 지역에 시비로 만들어져 행인들에게 널리 읽히고 있다. 현재 국제라이온스협회 354-D지구 의전분과위원회 의전위원장으로 활동하며 남을 위해 진정 봉사할 줄 아는 인물! 박봉은 의전위원장의 정유년 새해를 기대해 본다. ❖

한실 문예창작 문우들의 작품집

오늘의 詩選集 Series

오늘의 詩選集 제1권

화장을 지우며

강만순 지음 / 144면

오늘의 詩選集 제2권

또 한 번 스무 살이 되고 싶은 밤

김숙희 지음 / 160면

오늘의 詩選集 제3권

사랑의 빈자리 될까 봐

박완규 지음 / 144면

오늘의 詩選集 제4권

유모차 탄 강아지

김미경 지음 / 112면

오늘의 詩選集 제5권

이 환장할 봄날에

신점식 지음 / 176면

오늘의 詩選集 제6권

작아지고 싶다

주경희 지음 / 176면

오늘의 詩選集 제7권

가을은 어디나 빈자리가 없다

전금희 지음 / 176면

오늘의 詩選集 제8권

쓸쓸함에 대하여

이후남 지음 / 176면

오늘의 詩選集 제9권

바람이 열어 놓은 꽃잎

문재규 지음 / 220면

오늘의 詩選集 제10권

단 한 번 사랑으로도

이호근 지음 / 176면

오늘의 詩選集 제11권

할 말은 가득해도

최승벽 지음 / 176면

오늘의 詩選集 제12권

비밀 일기

박봉은 지음 / 176면

오늘의 詩選集 제13권

꽃만 봐도 서러운 그날

한실 문예창작 동인지 제8집

오늘의 詩選集 제14권

마냥 좋기만 한 그대

최기숙 지음 / 176면

오늘의 詩選集 제15권

풀꽃향 당신
김영순 지음 / 176면

오늘의 詩選集 제16권

유리인형
박봉은 지음 / 176면

오늘의 詩選集 제17권

보고픔이 자라고 자라서
한실 문예창작 동인지 제9집

오늘의 詩選集 제18권

첫사랑
김부배 지음 / 176면

오늘의 詩選集 제19권

나는 매일 밤 바람과 함께 사라진다
박덕은 지음 / 240면

오늘의 詩選集 제20권

오늘도 걷는다
유양업 지음 / 176면

오늘의 詩選集 제21권

내 사람 될 때까지
전춘순 지음 / 176면

오늘의 詩選集 제22권

처음 사랑
한실 문예창작 동인지 제10집

오늘의 詩選集 제23권

당신에게 · 둘
박봉은 지음 / 176면

오늘의 詩選集 제24권

그 누가 다녀간 것일까
전금희 지음 / 206면

오늘의 詩選集 제25권

한 잔 술에 가둘 수 없어
이후남 지음 / 164면

오늘의 詩選集 제26권

그리움 머문 자리
이인환 지음 / 176면

오늘의 詩選集 제27권

사랑의 콩깍지
김부배 지음 / 176면

오늘의 詩選集 제28권

사랑은 시가 되어
최길숙 지음 / 176면

오늘의 詩選集 제29권

그리움이라서
이수진 지음 / 176면

오늘의 詩選集 제30권

그리움 헤아리다
배종숙 지음 / 176면

오늘의 詩選集 제31권

아직 끝나지 않은 이야기
장현권 지음 / 176면

오늘의 詩選集 제32권

마냥 좋아서
한실 문예창작 동인지 제11집

오늘의 詩選集 제33권

그리움의 언덕에 서다
김부배 지음 / 176면

오늘의 詩選集 제34권

사찰이 시를 읊다
이수진 지음 / 176면

오늘의 詩選集 제35권

그대는 나의 누구인가
한실 문예창작 동인지 제12집

오늘의 詩選集 제36권

사랑은 감기몸살처럼
박봉은 지음 / 176면

오늘의 詩選集 제37권

그때는 몰랐어요
정주이 지음 / 176면

오늘의 수필집 Series

오늘의 수필집 제1권

그곳 봄은 맛있었다
최세환 지음 / 288면

오늘의 수필집 제2권

바람 따라 구름 따라 별빛 따라
유양업 지음 / 288면